ANANDA BELA

আনন্‌দ বলো

NK MONDAL

pencil

ISBN 978-93-5667-876-7

Published in India 2023 by Pencil

A brand of
One Point Six Technologies Pvt. Ltd.
Unit no. 26, Ground Floor, Building A1,
Wadala Truck Terminal Road,
Near Post Office, Antop Hill, Mumbai - 400037
E connect@thepencilapp.com
W www.thepencilapp.com

Author biography

এন.কে.মণ্ডল (নওয়াজ করিম মণ্ডল) হলেন একজন ভারতীয় লেখক ও দার্শনিক। তিনি ৫ ই মে, ১৯৯৬ সালে মুর্শিদাবাদ জেলার হরিহরপাড়া ব্লকের অধিনস্থ প্রতাপপুর গ্রামে জন্মগ্রহণ করেন। পিতা সাইফুল সেখ ও মাতা মেনুকা বিবি। জন্ম নাম সেলিম সেখ। ধর্মে ইসলাম। তিনি এন কে মণ্ডল নামেই অধিক পরিচিত।তিনি স্থানীয় রুকুনপুর উচ্চ বিদ্যালয় থেকে উচ্চমাধ্যমিক পাশ করেন।এবং পরবর্তীতে হাজী এ.কে.খাঁন কলেজ থেকে পড়াশোনা করেছেন। গ্রামের দরিদ্র এক মুসলিম পরিবারে জন্মগ্রহণ করেন। কাজেই পিতার কৃষিকাজে হাত লাগাতে হয়। ২০১৯ সালে সাহিত্য রত্ন উপাধিতে ভূষিত হন। লীলা মজুমদার পুরস্কার, বঙ্কিমচন্দ্র পুরস্কার, দাদাঠাকুর পুরস্কার এবং ২০২২ সালের জানুয়ারি মাসে নেতাজী সুভাষচন্দ্র বসুর পরিবার থেকে নেতাজী পুরস্কারে ভূষিত হন। এবং আরো কয়েকটি পুরস্কার পান।

ছোট থেকে লেখালেখির ওপর বিশেষ টান ছিল। বর্তমানে পেশায় একজন গ্রামীণ চিকিৎসক। কবি ওয়াশিম রাকিবের হাত ধরে ওয়েব পোর্ট্রালে লিখতে শুরু করেন। তাঁর প্রথম কবিতা "প্রতিবাদ"। যেটা মুর্শিদাবাদ জেলার

জলঙ্গী ব্লকের কথাআঁকা পত্রিকায় প্রকাশিত হয়। এরপর বিভিন্ন পত্র পত্রিকায় প্রকাশিত হতে থাকে কবিতা গল্প ও উপন্যাস। তিনি বাংলাদেশ ও ভারতের পশ্চিমবঙ্গ, ত্রিপুরা,অসম রাজ্যের পত্রিকায় লেখালেখি করেছেন। এছাড়া লিটিল ম্যাগাজিন ও ওয়েব পোর্ট্রালেও লিখে চলেছেন সর্বদা। তিনি ভারতের সমাজ ও রাজনীতি নিয়েও অনেক লিখে চলেছেন। এন.আর.সি নিয়েও সংগ্রাম করেছিলেন। উল্লেখযোগ্য গ্রন্থ হল, ভ্রান্ত বিশ্বাস ও গোঁড়ামি, নাস্তিকতা, ভালোবাসা,মণ্ডল সাহিত্য সমগ্র ইত্যাদি।

CONTENTS

বিপিন বাবুর পাঁঠা

বিপিনবাবু লোকটা যে ভালো তো সকলেই জানে গ্রামসহ গ্রামের চারিপাশের গ্রাম। কেনইবা চিনবে না শুনে তিনি যে গ্রামের মধ্যে ভালো মানুষ বা সাদাসিধে মানুষ হিসেবেই জানে। সে কোনো ঝামেলায় নিজেকে জড়ায় না। ভোলা ভালা মানুষ খায় দায় গান গায়। নাই কোনো চিন্তা মাঠে কাজ করে। বাচ্চাদের নিয়ে গল্প করে। সকলে তাঁকে নিয়ে কৌতুক করে। আবার তাকে নিয়ে মশকরা করে গ্রামের কিছু লোকেরা।

তখন শীতের সময়। শীতের সময় নাকি ভালো হয় অনেক কিছুর। পোশাক-পরিচ্ছদ খাওয়া-দাওয়া বেড়ানোর। সময় সুন্দর হয়, যদি হালকা শীত পড়ে। মজা লাগে রাত্রে ঘুমানোর পরে বাইরে বেরোলে। কিন্তু গ্রামের লোকেরা বিপিনবাবুকে মজা করতে করতে এমন হয়েছে, একদিন গ্রামের চৌরাস্তার মাথায় শ্যামল দাসের চায়ের দোকান রয়েছে। দোকানে যে তাঁরা সকলেই জানে এইসব কাজ ইত্যাদি।

একদিন হয়েছে কি চণ্ডিপুর গ্রামের পাশের গ্রাম থেকে কালিপদ নামক এক ব্যক্তির শীতের মৌসুমে একটি ছাগী নিয়ে এসেছে হরিশপুরে চৌমাথায় এসে বিপাকে পড়েছে

সে যেখানে যাবে সে বাড়ি ওয়ালার নামটাই ভুলে গেছে। তখন কালীপুজো চায়ের দোকানে শ্যামল দাস কে জিজ্ঞেস করে যে, এখানে পাঠা পোষে কে। দোকানী এক কথায় বিপিনবাবুর বাড়ির দিকে আঙ্গুলের ইশারা দিয়ে দেখিয়ে দিলেন। কালিপদ আর তেমন একটা কাউকে কোনো কথা না বলে সরাসরি ছাগী নিয়ে বাগানের মধ্যেখানে পুকুরপাড়ের ওপর বাড়িতে গিয়ে হাঁকাহাঁকি করছে।

বিপিনবাবু দরজা খুলে দরজায় দাড়িয়ে বললেন, কি ব্যাপার কাকে চাই। কালিপদ মিনমিন করে বলে পাঠা। বিপিনবাবু পাঠার কথা শুনতেই বললেন, বাগানে বাধা আছে যাও আর জ্বালাতন করবে না। সোজা বাড়ি যাবে। কালিপদ আর কথা না বলার সুযোগ পেলেন না। কথা বলার আগেই মুখের ওপর দরজাটা বন্ধ করে দিয়ে বাড়ির ভেতরে চলে গেলেন। কালিপদ মনে মনে বিড়বিড় করে কি যেন বললেন। পাঠার খোঁজ দিয়ে চলে গেলেন আবার তাঁকে ডাকাডাকি করতে নিষিদ্ধ করলেন। তাহলে পাঁঠাটা সবার ছাগীর জন্য ফ্রী। ছাগীর কর্ম সম্পাদন করে চৌমাথার চায়ের দোকানে বসে চা খেতে খেতে গল্প করে কালিপদ বাড়ি গেলেন। কালিপদর মুখে কথা শুনে শ্যামল দোকানীর মুখ হা করে দাঁত বাহির হয়ে চেয়ে রইল লোকটির দিকে। পরে মনে মনে ভাবতে লাগলো, কি ব্যাপার আমি পাঠালাম মজা দেখার জন্য আর উল্টে হাসিমুখে কাজ করে টাকা না দিয়ে বিনামূল্যে চলে গেল। আবার সেই টাকা দিয়ে চা খেয়ে চলে গেল। দিন তিনেক পরে শুনতে পাওয়া

গেল।আসলে জগন্নাথপুরের একটা পাঠা হারিয়ে গেছিল সেই পাঁঠা টাই বিপিন বাবুর বাড়িতে ছিল।

তেলাপোয়া মাছ

পুকুরটা বেশ বড়সড়ই বটে পুকুরের চারপাশ বাঁধানো যাতে জল উঁপছে না পরে, অবশ্য পুকুর বাঁধানো থেকে অনেকটা নিচে জল ছিল। পরিষ্কার সচ্ছল যে জল খাওয়ার উপযোগী না হলেও দেখা ও মন মাতানো তো বটেই। দিব্যি সুন্দর সাদা ধবধবে ঢেউ খেলে যাচ্ছে সারিবদ্ধ ভাবে। নদীর পাড়ে সারি সারি জাম গাছ ও তেঁতুল গাছ তেতুল জাম অহরহ পড়ে আছে মাটিতে এবং ছেলেছোকরারা ডালপালা ভেঙে খাচ্ছে নষ্ট করছে। আবার সেই জাম ছেলেপুলের দল পুকুরে ফেলছে। কেউ তাঁকে সন্দেহের বশে পুকুর মালিক গালাগালি দিতে দিতে তাড়া দিচ্ছে। নিধিরামবাবু তাড়া খেয়ে বড় গাছে উঠে পড়ে কয়েকজন। নিধিরাম বাবু ঢিল মেরে নামতে না পেরে গাছের গায়ে লাথি মেরে পা ব্যথা করে খোঁড়াতে খোঁড়াতে চলে গেলেন।

সে বছর মাছের আকাল বললেই চলে চারিদিকে খরা কবলিত হওয়ার পরে নদী-নালা পুকুর শুকিয়ে গেছে। ফলত মাছ চাষ আবাদের প্রচন্ড অসুবিধে তবুও অন্য রাজ্য থেকে আমদানি আছে চাল গম ধান সর্ষে বেশি দাম হলেও অহরহ পাওয়া যায়। কিন্তু মাছ অবশ্য

আলাদা ব্যাপার কিন্তু যে রাজ্যে মাছ চাষ হয় সবচেয়ে বেশি অর্থাৎ ৭০% সেই জায়গাতেই মাছ চাষ কমে দাঁড়িয়েছে ২৫% তাও আবার খোদ মুন্সীগঞ্জে। যেখানে কিনা মাছের জন্মভিটা। দাম তখন বাজারে দুইশত ছাড়িয়ে গেছে তাও আবার সিলভার মাছ। তার নিচে কোনো মাছ নেই বরং মাংসের দাম কম। দোকানে পোল্ট্রি মুরগির মাংস ১৪৬ টাকার মধ্যেই আছে কিন্তু সে কথা আলাদা। বাঙালি হল মাছে ভাতে বাঙালি। এটাতো বাঙালিরা সকলেই জানে। আর সেই মাছের কিনা এত চড়া দাম। মাথা ঘোরার উপক্রম বটে। তবে নিধিরাম বাবুর পুকুর খানা মনে হয় স্বয়ং ভগবানের দেওয়া নইলে ১২ মাস জল থাকে। কেনইবা ১২ মাস জল থাকবেনা শুনি। পুকুরে যে মাটির তলা থেকে এমনিতেই জল ওঠে, পয়সা খরচ করে জল দিতে হয় না। সর্বদা ঢেউ খেলানো জল। তবে সেবার কিভাবে কি মনে করে কে জানে নিজের আমেরিকান মাছ চাষ করবে বলে মাছের ছানাপোনা ছেড়েছিল সঙ্গে সঙ্গে কয়েক কেজি তেলাপোয়া সহ ছেড়েছিল। ব্যাস ওতেই কাজ। কি যেন হয়ে সব মারা গেল, তাতে নিধিরাম বাবুর বেজায় রাগ। সে জন্য অবশ্য পুকুরপাড়ে আসেনা বললেই চলে। আর তাছাড়া বাবুর সময় খুব কম। বাড়ি আছে মাঠ-ঘাট ব্যবসা দেখাশোনা, কাজের কি তার শেষ আছে। প্রায় মাস ছয়েক পরে পাড়ার মাতব্বর মানে মোড়ল মশাই এসে বললেন, কি ব্যাপার পুকুরের মাছ বিক্রয় করবেন না নাকি। তখন বাবু বাজারে যাচ্ছিলেন। পিছন থেকে কথা শুনে বললেন আমাকে বলছো। আজ্ঞে।

আপনার মাছ কি বিক্রয় করবেন না। কোন নদীতে শুনি। আপনি আমার সঙ্গে মজা করছেন নাকি। সত্যি বলছি আমি জানি না। ওই যে জাম তলার পুকুরে। সেখানে তো কোনো মাছ ছাড়েনি। মোড়ল আপনার হয়তো ভুল হচ্ছে কোথাও। নিধিরাম জ্ঞানী হওয়ার জন্য বলল পরে ওটা দেখব। বাজার করে ফট করে ব্যাগখানা রেখে ঘাড়ে লাল গামছা ফেলে দিয়ে খালি গায়ে খালী পায়ে চলল নদীর দিকে। গিয়ে দেখে সত্যিই তো পোকার মতো মাছ কিলবিল করছে তেলাপোয়া মাছে। তখন মনে পড়ল তার সেই যে তেলাপোয়ার ছানা ছাড়া হয়েছিল, সেটাই তার ফল। আর তেলাপোয়া মাছ বংশবৃদ্ধি বিস্তারে খুব বাড়ন্ত। নিধিরামবাবু মাছ গুলি দেখতে দেখতে মনে মনে হাসতে হাসতে বাড়ি ফিরলেন। শ্রমিক দেখতে হবে, মাছগুলি তো ধরতে হবে তো।

জৈব সার

অনেক বছর আগেকার কথা তখন হাটে বাজারে পেঁয়াজ পাওয়া যাচ্ছে না বললেই চলে,এমনকি খোদ মুর্শিদাবাদে পেঁয়াজ পাওয়া যাচ্ছে না বা খুবই মুশকিল জনক ভারত-চীন বাংলাদেশ-পাকিস্তান সব জায়গাতেই পেঁয়াজের আকাল। আর যা পাওয়া যাচ্ছে তাতে আকাশছোঁয়া দাম। কেজিপ্রতি দুইশত টাকা। হিন্দুরা আগে পিয়াজ খেতো না এখন খায় মুসলিমরা তো খেতো প্রথম থেকেই হয়তো প্রায় সকলেই খায়। এবং বিদেশে রপ্তানি করে প্রচুর বৈদেশিক মুদ্রা আয় হয়। বিদেশে রপ্তানির ফলে দেশে ঘাটতি দেখা দিল, এমনকি মুর্শিদাবাদ জেলাতে ও পেঁয়াজের প্রচুর দাম।

কয়েক বছর প্রচুর পরিমাণে পেঁয়াজ উৎপন্ন করতে হয়েছিল এবং তাতে কৃষকের ভালই মুনাফা হয়েছিল। কিন্তু এক বছর হঠাৎ করে কৃষকের ওপর দুঃখ নেমে আসলো বিশেষ করে বটেশ্বর গ্রামের চাষীদের। সেবছর সমস্ত দেশে পেঁয়াজের ভালো ফলন হয়েছিল। কোন দেশে রপ্তানি হয়নি। পেঁয়াজ লাগেনা। আর এদেশে এত পরিমাণে পেঁয়াজ উৎপন্ন হয়েছে তা চাষীরা বিক্রয় করে তাতে খরচের দশভাগ উঠবে না। পেঁয়াজের দাম নেই।

কুইন্টাল প্রতি দুইশত টাকা। যেখানে প্রতিবছর কুন্টাল প্রতি মূল্য থাকে তিন হাজার টাকার আশেপাশে। দাম না থাকার ফলে চাষীদের মাথায় হাত। কোন ব্যবসায়ী পেঁয়াজ কেনা তো দূরে থাক পেঁয়াজের কথা শুনতে চাচ্ছে না। যদিও বা কোনো ব্যবসায়ী কিনছে তাতে আংশিক মূল্য দিয়ে ক্রয় করছে।

এই সমস্যা হওয়াতে বটেশ্বর গ্রামের একজন বুদ্ধিমান চাষী গ্রামের সমস্ত চাষীকে বললেন যে, দেখো পেঁয়াজের দাম নেই আর কেউ কিনছে না। পেঁয়াজ অনেকেই ইতিমধ্যে ফেলে দিতে হয়েছে। তাই তিনি বললেন যে তিনি কিনবেন। উনার নাম নিরঞ্জন চক্রবর্তী। বুদ্ধিমান লোক। গ্রামের সমস্ত পেঁয়াজ চাষীদের কাছে পঞ্চাশ টাকা দরে পেঁয়াজ কিনে তার বাগানের মস্ত পুকুরে ফেলে পুকুর ভর্তি করলেন। মানুষ তো অবাক পেঁয়াজ চাষীদের তো তাও কুইন্টাল প্রতি পঞ্চাশ টাকা পেয়েছে কিন্তু নিরাঞ্জন বাবু পেঁয়াজ কিনে মস্ত পুকুরটাকে বোঝালেন তাতে আবার বেশি করে পচানোর জন্য ইউরিয়া সার নাইট্রোজেন রাসায়নিক সার এবং এক ট্রাক্টর লবণ দিয়ে পুকুরটাতে ঢেলে দিয়ে মোটা পলিথিন দিয়ে ঢেকে দিয়ে দিল। গ্রামের মানুষ এবার নিরঞ্জন বাবু কে ঠাট্টা উপহাস করতে লাগলো। যে এতদিন জানতাম তিনি জ্ঞানী লোক কিন্তু এখন জানলাম তিনি আসলেই পাগল। কিন্তু চাষীদের এই ভুল ধারণা ভেঙ্গে গেল কয়েক মাস বাদে। নিরঞ্জন বাবু আস্ত একটা জৈব সারের ফ্যাক্টরি করে ফেলেছেন। তারপরে নিরাঞ্জন বাবু চাষীদেরকে কেজি দশেক করে সার বিনামূল্যে দিলেন।

তারপর জমিতে সার দেওয়ার ফলে জমির ফলন বেড়ে যায়। নিরঞ্জন বাবু সেই পেঁয়াজ পচা সার তখন প্রচুর চড়া দামে বিক্রি করে কোটিপতি হয়ে যায়। আর চাষিরা নিরঞ্জনবাবুর টাকা দেখে আফসোস করে মরে।

পায়খানার গন্ধ

তখন জুন মাসের প্রথম সপ্তাহ হবে হয়ত। গাছের আম পাঁকতে শুরু করেছে আবার কোথাও কোথাও ফরমালিন দিয়ে পাঁকিয়ে বাজারে অহরহ বিক্রয় করছে ব্যবসায়ীরা। নিয়মিত সময়ে আম না পাকলেও ফরমালিন মিশিয়ে বাজারজাত করছে। সেই আম খেয়ে মানুষের রোগ হচ্ছে তাতে চিকিৎসকের মুনাফা বাড়ছে হাসপাতালে চিকিৎসালয়ে ভিড় জমাচ্ছে তবুও মানুষের কোনো মাথাব্যথা নেই।

নিধিরাম বাবু একজন ব্যবসায়ী তিনি জগৎবল্লভপুরে মস্ত একটা আম বাগান কিনেছেন। মস্ত বড় আমবাগান হওয়ার জন্য দিনেরাত্রে চারজন করে পাহারাদার রেখেছেন যাতে আম চুরি না হয় বা নষ্ট না হয় কিন্তু প্রতিদিন নিধিরাম বাবু কাঁচা ও পাকা আম চুরি হচ্ছে এবং শেয়াল কুকুর মানুষের। পাখিতে খাচ্ছে নষ্ট করে দিচ্ছে তাতে নিধিরাম বাবুর বড্ড লোকসান হচ্ছে। প্রতিদিন আম কিভাবে নষ্ট হচ্ছে শ্রমিক থাকা সত্ত্বেও। প্রতিটি আম গাছের গোড়ায় খাওয়া বা নষ্ট আমের পরিমাণ কিন্তু নেহাত কম নয়, এভাবে চলতে থাকলে নিধিরাম বাবু ডাহা মারা যাবে। তিনি তো চিন্তিত আছেন।

একদিন হঠাৎ করে মাথায় রাগ নিয়ে বাগানে প্রবেশ করলেন নিধিরাম বাবু তখন বেলা প্রায় 11 টার কাছে হবে হয়তো নিধিরামবাবু বাগানে এসেই দেখলেন বাগানে পুরো সুনসান কোন লোকজন নেই। আম গাছের তলায় খাওয়া আম পড়ে রয়েছে এসব আম রাত্রের খাওয়া এখনো কয়েকটা কুকুরে পাকা আম খাচ্ছে কিন্তু কোথায় সেইসব হতচ্ছাড়া শ্রমিকরা। কাউকে দেখা যাচ্ছে না। বাগানের চারদিকে চারটি করে ঘর আছে সেখানে শ্রমিকরা থাকে ও পাহারা দেয়। নিধিরাম বাবু প্রত্যেক মাচায় গিয়ে দেখে সকল পাহারাদার বেঘোরে হা করে জিব বার করে ফুসফুস ছোট বড় করে ফোঁস ফোঁস করে ঘুমাচ্ছে।

প্রচন্ড ঘুম ওদের এখন কোন সাধারণ ঘুম নয় দিন ও রাত্রের প্রচুর আম খাওয়ার ঘুম। এমন ঘুম ঘুমোচ্ছে যে কারো কাপড় ঠিক নেই তখন নিধিরাম বাবুর হঠাৎ করেই মাথায় একটা বুদ্ধি খেলে যায় এমনিতেই বিজ্ঞ মানুষ বয়স প্রায় 70 এর কাছাকাছি। নিধিরাম বাবু চট করে বাড়ি গিয়ে খোল ভিজিয়ে নিয়ে আসলো এবং পাকা আমের রস মিশিয়ে আঠালো ভাবে তৈরি করে প্রত্যেকের পাছায় একটু আধটু করে প্রলেপ দিয়ে দিলেন এবং সবার অচেতনায়। তিনি মৃদু হাসতে হাসতে বাড়ি চলে গেলেন।

করিম শেখ ঘুমের অবস্থায় এদিক-ওদিক করছে পাছা সহ শরীরের নানান জায়গায় মশা মাছির জ্বালাতন করছে কামড়াচ্ছে। জ্বালাতন করবে না কেন শুনি নিধিরাম বাবু যে ওদের পাছায় খোইল আমের রস

মাখিয়ে দিয়েছেন মশা মাছির জ্বালাতনে অস্থির হয়ে ঘুম ভেঙে গেল। করিমের কিন্তু ঘুম ভাঙতেই মুহূর্তের মধ্যেই জ্ঞান আসলো। হঠাৎ করেই একি ব্যাপার পাছাই যেন কি চ্যাট চ্যাট করছে কী যেন লেগে আছে এবং তা থেকে দুর্গন্ধ বের হচ্ছে। করিম পাছায় হাত দিয়ে নেড়েচেড়ে দেখতেই সে বুঝে যায় যে, সে রাত্রে বেশি আম খাওয়ার জন্য ঘুমের মধ্যে পায়খানা করে ফেলেছে। ভীষণ কেলেঙ্কারি ব্যাপার কাউকেই বলা অসম্ভব। এবং তা বললে উপহাসের পাত্র হয়ে উঠতে পারে। তাই চিন্তা না করে কিছুটা দূরে শ্রমিকের বাড়ি হওয়ায় করিম নিজের বাড়ি গিয়ে পরিষ্কার-পরিচ্ছন্ন করে সমস্ত ঘটনা করিমের স্ত্রীকে বলল। স্ত্রী ঘটনা শুনে তেলে বেগুনে জ্বলে উঠে বলল, মিনশে তুমি কার সঙ্গে কি করে এসেছ আর আমাকে বানিয়ে বানিয়ে মিথ্যা কথা বলছো। শেষমেষ করিমের স্ত্রী প্রচন্ড রেগে ঝাঁটা হাতে নিয়ে তাড়া করলেন। করিমের স্ত্রীর ভয়ে ঝাঁটা হাতে দেখে বাড়ি থেকে এক দৌড়ে বাগানে পৌছলো। বাগানে পৌঁছাতেই সুকুমার কাপড় ধরে কেমন করে হাঁটছে। বাছা পেছন থেকে পায়খানা করে কাপড় নষ্ট করে ফেলেছে এবং তা দেখতে পেয়ে করিম তখন সুকুমারকে বলে, কিরে কি ব্যাপার কি হয়েছে তোর পাছায় পায়খানা লেগে কেন রে। খুব গন্ধ আসছে। পায়খানা করে ফেলেছিস মনে হচ্ছে। ভাই যা যা ধুয়ে আয় লজ্জার ব্যাপার। সুকুমার পরিষ্কার করতে যেতেই নিধিরাম বাবু বাগান দেখতে আসলেন এবং করিমের মুখে সুকুমারের কান্ড শুনে নিধিরাম বাবু ও করিম দুজনই হাসতে হাসতে ফেটে পড়লেন। হাসির চোটে আরও দু'জনের ঘুম ভেঙে গেল, তাদেরও একই

অবস্থা পায়খানা করে ফেলেছে। কিন্তু করিম ধরা দিচ্ছে না ওর ব্যাপারটা তখন নিধিরাম বাবু ওদের তিনজনকে নিয়ে ঠাট্টা করতে লাগলেন তখন ওরা স্বীকার করল যে ওরা আম খেয়ে ঘুমায় আর চেতন পায় না ফলে আম চুরি হয়। ওরা সবাই নাক কান মুলে নিধিরাম বাবুকে কথা দেয় যে আর কখনো এমন কাজ করবে না। তখন নিধিরাম বাবু মনে মনে হাসতে হাসতে বাড়ি যায়। তখন থেকে আর আম চুরি হয় না বাগানে।

বিপিন বাবুর বাগান

বিপিনবাবুর লোকটা মন্দ নয়। এক সময় তিনি রঘুনাথপুর উচ্চ বিদ্যালয়ের বাংলা বিভাগের শিক্ষক ছিলেন, তবে এখন অবসরপ্রাপ্ত। তবে সৎ ব্যক্তি। বেতন তেমন একটা পেতেন না, কারণ প্রথমকালে বেতন সরকার তেমন একটা দিত না। ফলত জমিজমা ধনসম্পত্তি তেমন কিছুই করতে পারেননি। মাত্র বিঘা দুয়েক জমি কিনেছেন তাঁর জীবনে। তারমধ্য পাঁচ কাঠা জমি বাগান আছে। হ্যাঁ বাগান বটে তবে কোনো আম জাম কাঁঠালের বাগান নয় বরং শাক সব্জীর বাগান। বাগানের চারিপাশে কাঁচকলা পাঁকাকলা মান ও কচু পদ্মকচু সজনে ডাঁটা গাছ এবং কিছুটা কঞ্চির বেড়াতে গড় আলুর আলতাপাটি আলুর গাছ লাগিয়ে লতাগুলি বেড়ায় তুলে দিয়েছে। দুই লাইন পটল, দুই লাইন করলা কয়গাছা ঢেড়শ ও গুটি দশেক বেগুনের ঝাড়। হাত দশেক ছোলার শাক। গোটা পাঁচেক লঙ্কার গাছ ইত্যাদি।

তার পাশেই রয়েছে কুড়ি ফুট জায়গার মতো ছোট্ট জরপুকুর অবশ্য তাতে কিছু ছিমরি মাছ জাল মাছ তেলাপিয়া ছোট ছোট ছানাপোনা কিলবিল করছে। যেন পুকুরে মশা মাছির বিস্তর স্তর পড়ে রয়েছে। বিপিনবাবু এইসব নিয়েই প্রতিনিয়ত থাকেন অবশ্য কোনো

রাসায়নিক সার ও কীটনাশক ছাড়াই। প্রয়োজনে জৈব সার বা গোবর সার এবং কীটনাশক এর পরিবর্তে নিমপাতা ও জাম পাতা সেদ্ধ জল স্প্রে করে, ফলত সার ও কীটনাশকের কাজ একসঙ্গেই হয়ে যায়। তিনি এ কথা একদিন বেতার সংযোগে বলছিলেন। ব্যাস এই বলাতেই বাজিমাত। মিডিয়ার যুগ। সকালে ঘুম থেকে ওঠার আগেই বাড়ির সামনে মিডিয়ার গাড়ি। বিপিন গিন্নি ধরপড় করে ওঠে ডেকে আনলেন তাঁকে। বিপিনবাবু চশমাটা ফুঁ মেরে চোখে দিয়ে দুই হাত তুলে নমস্কার করলেন। মিডিয়ারা ছেঁকে ধরলেন চাষের কথা। দেখালেন তাঁর স্বপ্নের বাগান। কয়েকদিনের মধ্যে তিনি সেলিব্রিটি। কিছুদিন বাদেই কেন্দ্রীয় সরকার বেস্ট ফার্মার পুরস্কার দেন সঙ্গে তিন লক্ষ টাকা নগদ।

বঙ্কু বাবুর দাঁতে পোঁকা

বঙ্কুবাবু মানুষটি বড়ই ভালো সাধাসিধে বললেই চলে। শিক্ষিত হলে কি হবে তিনি যে, বাঙালি সাধারন একজন মানুষ ছাড়া কিছুই নন। তাছাড়া তিনি ছিলেন সরকারি আধিকারিকও বটে। তবে এখন অবশ্য অবসরপ্রাপ্ত। তবুও বেশ হাস্যকর ব্যক্তি।

বঙ্কু বাবু সকাল সকাল বাজারে বেরিয়েছেন। হাতে রয়েছে। মোটা কাপড়ের থলে। হাঁটতে-হাঁটতে হাতে ঘড়ির সময়টা দেখে নিয়ে বলল, ইস বড্ড দেরী হয়ে গেল। কখন যে বাজারটা হবে কে জানে। ওই সময়েই নকুল বাবু ডেকে উঠলেন, কি হে বঙ্কুবাবু এদিকে আসুন চা খেয়ে যান। নকুল বাবুর ডাকাডাকিতে চায়ের দোকানে গিয়ে বসলেন এবং চা-টা খেয়ে আবার ছুটলেন বাজারের পথে। নকুল বাবু হাঁ করে থ মেরে চেয়ে রইলেন। এবং একটা দম মেরে হাত ছেড়ে বড় নিশ্বাস নিয়ে বললেন, যাস শালা ভাবলাম বঙ্কুর কাছ থেকে অন্তত চা-বিস্কুটের দামটা চেয়ে নেব। এই বলে কপালে হাত রেখে বসে চিন্তায় আচ্ছন্ন হলেন।

বঙ্কুবাবু বাজারে এসেছেন তাতে অনেকেরই মজা। অনেকেরই মজা বলতে ব্যবসায়ীদের মজা। বঙ্কুবাবু

সাদাসিধে মানুষ তবে, বড্ড আমিষভোজী। মাছ মাংস ডাল মাখন দই ডিম দুধ এসব তার পছন্দের তালিকায়। এসব খেয়ে অবশ্য উচ্চরক্তচাপ রোগ হয়েছে বটে, তবুও তিনি ছাড়েন না। জিভের স্বাদ বলে কথা।

বাজারে আজ বড়ই হট্টগোল কিন্তু বাজারে ভালো বেচাকেনা নেই। আকাশছোঁয়া চড়া দাম সমস্ত জিনিস পত্রের। মানুষ কি খাবে সে নিয়ে রাজার কোন ভাবনা চিন্তা নেই। বঙ্কুবাবুকে দূর থেকে আসতে দেখেই মাংসের দোকানীরা চ্যাঁচাতে শুরু করে দিয়েছে আগে থেকেই। বাবু এদিকে আসেন। বাবু এদিকে আসেন বলে। বঙ্কুবাবু মাংস প্রিয় মানুষ। তিনি মাংস চেনেন। রহিম চাচার দোকানে ঢুকে পাঁঠার মাংস নিলেন দুই কেজি। রহিম চাচাকে বিশ্বাস করেন বঙ্কুবাবু, তার কারণ তিনি একজন সাচ্চা মুসলমান।

বঙ্কু পত্নী রান্না করছে নানান ধরনের পদ, ডাল আলুবড়া লেটুস শাক ইলিশের পাতুরি আর পাঁঠার মাংসের কালিয়া ও ঝোল। বঙ্কু বাবু ও গিন্নী ছাড়া সংসারে কেউ না থাকায় ওরাই সবকিছু। অবশ্যই সবই ঠিকঠাক চলছে, কিন্তু সর্বনাশ হল বঙ্কুবাবুর মাংসের হাড় মাড়িঁর দাঁতে চিবোতে গিয়ে।কড়াম করে মড়াৎ হয়ে পটাং করে হুড়মুড়ি খেয়ে ভেঙে নিয়ে গড়িয়ে পড়ল দাঁতখানা দুপুরের ভাতের থালায়। ও বাবাগো মাগো বলে হঠাৎ করে নাচতে লাগলেন দাঁতের যন্ত্রণায়। তাড়াতাড়ি করে চিকিৎসকের কাছে গিয়ে যন্ত্রণানাশক ওষুধ খেয়ে সুস্থ হলেন এবং সুস্থ হওয়ার পরে পরেই বঙ্কুবাবুর মন

খারাপ হয়ে গেল। কারন তাঁকে শক্ত খাবার খাওয়া নিষেধ করেছে ডাক্তারবাবু কয়েক সপ্তাহর জন্য। পাঁঠার মাংস রান্নার কথা ভাবতে ভাবতে বঙ্কুবাবু মুষড়ে গেলেন। তাঁর দাঁতে কবে কবে যে পোঁকা ধরেছিল, মটাম করে ভেঙে গিয়েছে। তাই এখন বঙ্কুবাবু চিন্তায় আছেন কবে যে তাঁর দাঁত ভাল হবে। আর কবেই বা সে পাঁঠার মাংস সাটাবে। কারণ তাঁর জিভের জল আর আটকানো যাচ্ছে না।

ভুতুড়ে হোটেল

বেলাগাম ছাড়িয়ে কুঞ্জ পুর গ্রামে পৌঁছালেন মিত্তির বাবু সহ একমাত্র নাতি নিখিলেশ অজানা অচেনা জায়গা ওরা যাবে মহেশপুর। মহেশপুর যেতে হলে আগামীকাল বিকেল চারটে 5 মিনিটে ট্রেন আছে ওখানে 24 ঘন্টায় একবার ট্রেন যাতায়াত করে আফ্রিকার একটি জায়গা বড় ভয়ংকর মিত্তির বাবু ও নিখিলেশ কে কুঞ্জ পুর স্টেশনে নামিয়ে দিয়ে ট্রেনটি ভাটি অঞ্চলে চলে গেল। অচেনা অজানা জায়গায় সকলকে একটু বিপাকে পড়তে হয়। বিদেশিদের একমাত্র ভরসা হল ইংরেজি ভাষা সহ অর্থ ও শান্ত মেজাজ তবুও বিদেশ নিজের দেশ তো নয় একটু তো ভয় আছেই। তাই না। তাই দুপুরের ট্রেন থেকে নেমেই সাধারণ হোটেলে গিয়ে সবজি ভাত খেয়ে দাদু নাতি মিলে একটা রাত্রিতে থাকার জন্য একটা হোটেল লজ খুঁজতে লাগলেন কিন্তু খুঁজে খুঁজে কোথাও একটা থাকার জায়গা পাওয়া গেল না। অবশেষে অনেক খোঁজাখুঁজি করার পর একটা হোটেলের মত একটা হোটেল পাওয়া গেল। হোটেলটি বহু পুরানো তা প্রায় 200 বছর তো হবেই রং করা না থাকলেও দেখতে খারাপ না ওরা রিসেপশনে গিয়ে একটা রুম বুক করে আসলো একটা বেয়ারা ওদের রুমে পৌছে দিয়ে গেল এবং

লাগেজগুলো পিছন পিছন দিয়ে চলে গেল হোটেলে। কোন রকম খাদ্য বা কোন কিছু সার্ভিস নেই। হোটেলে কোনো ভাড়াটে নেই তা ভালো ভাবেই বোঝা গেল। বিকেল বেলা থেকে সন্ধ্যা বেলা পর্যন্ত বাইরে ঘোরাফেরা করে হোটেলে ফিরলো। তখন দেখল হোটেল শুনশান কেউ কোথাও নেই বাবু ও নিখিল ঘুমিয়ে গেছে হঠাৎ করে দরজাটা ক্যাচ করে খুলে গেল। দরজা খুলে যেতেই মিত্তির বাবুর চোখ থেকে ঘুম উড়ে গেল কারণ ভেতর থেকে দরজা লক থাকা সত্ত্বেও কিভাবে দরজা খুলে গেল। তিনি দরজা পুনরায় দরজা বন্ধ করে দিয়ে শুয়ে পড়লেন কিছুক্ষণ পর আবার সেটাই হলো এবং তার সঙ্গে পাখাটা বিদ্যুৎ থাকা ঝপ করে বন্ধ হয়ে গেল। মর্মর করে শব্দ করছেন বুঝতে পারছেন না। তারপর গভীর ঘুম সকালে ঘুম ভাঙতেই দেখা গেল শুয়ে আছে এক বিশাল ফাঁকা ময়দানে অবশ্য কোনো ক্ষতি করেনি ওদের। মিত্তির বাবু এখন প্রায় সত্তর ছুঁইছুঁই কিন্তু উত্তর বা রহস্যের কোন সমাধান এখনো করতে পারেনি সেই স্থানটির পাশে হোটেল টির।

নাঙ্গা সাধু

কোথায় থেকে কোন এক সাধু এসেছে কে জানে বয়স 70 হবে হয়তো। বুড়ো থুত্থুরে সন্ন্যাসীর আগমন হয় এই হরিদেবপুরে পাশে জোড়াবটতলাতে। দুজন সাধু এসেছিল গ্রামের পুরুষ-মহিলা জোয়ান বুড়ো সকলেই এসে ভিড় করে গোল হয়ে কতশত ভক্তি শ্রদ্ধা প্রণাম ফলমূল দক্ষিণা দিল তাতে সবার মঙ্গল কামনা সহ তাদের প্রসাদ দিলেন। সকলেই জয় বাবার জয় বলে মাথায় ঠেকিয়ে এক নিশ্বাসে খেয়ে নিল। বাড়ি চলে গেল কদিন পরে শুনলাম শিব মন্দিরের পাশের বাড়ি লুটপাট করে পালিয়েছে। কে জানে কার মনে কি আছে তবে এই বাবাজির বয়স অনেক বেশি সেসব পারবে না। অন্যদিকে সতীশ ভাবছে বুড়ো মানুষকে কেউ সন্দেহ করবে না বলে চোরেদের গুপ্তচর হতে পারে ওদেরকে পাড়ার মেয়েরা সারিবদ্ধ ভাবে লাইন করে বাবার দিকে এগোচ্ছে। আবার কেহ কেহ বাবার কাছ থেকে ফিরছে। এমন সময় বিশ্ব বাবু বলে উঠলেন কি বাবা সতীশ এখানে কেন। বাবাকে একবার চোখের দেখা দেখে এসো। থাকবে না চলে যাবে। বিশু বাবাকে জিজ্ঞেস করলেন সতীশ। কেমন বাবা, কাকা। ভালোরে ভালো। খুবই ভালো মানুষ সতীশ অবশ্য বাবা টাবা বিশ্বাস করেন না। এখন বাবাদের

অত্যাচারে যা এখন হচ্ছে কাউকে এখন বিশ্বাস করা যায় না। বাবা সাধু দের প্রতি আস্থা নেই কারণ তিনি কত বাবা দেখেছেন। আর আসল বাবা এখন কোথায়। বাবার নাম নিত্যানন্দ প্রভু। পাতলা ফিনফিনে শরীরে কিছু নেই বললেই চলে। শরীরে শুকনা চামড়া দাঁতের অবস্থা তেমন একটা ভাল নয়। শরীরে পোশাক একদম নেই পুরা উলঙ্গ। কি যেন শরীরে মাখানো আছে। বাবাজি কে ঘিরে রয়েছে পাড়ার নারী-পুরুষ ছেলে-বুড়ো সকলেই। বাবাকে একজন মহিলা তাল পাখা দিয়ে বাতাস করছে। বাবাজিকে পাড়ার মেয়েরা দুধ কলা পায়েস বিভিন্ন খাদ্য খাবার দিচ্ছে। বাবা সবার খাবার থেকে এক চামচ পরিমাণ খাচ্ছে আর বাদবাকি মন্ত্র পড়ে ফেরত দিচ্ছে। বাবাজির পায়ের কাছে নত হয়ে প্রণাম করে পা ধুয়ে কেউ কেউ জল খাচ্ছে এবং নিয়ে যাচ্ছে। এসে এই সব দেখছে কিন্তু বাবা কারো কাছ থেকে দান-দক্ষিণা নিচ্ছে না বরং সকলকে আশীর্বাদ দিচ্ছে সতীশ বিশ্বাস করে বাবাজিকে একটা প্রণাম ঢুকে কাঁদতে কাঁদতে সন্তানহীনতার দুঃখ-কষ্ট জানালো বাবা তাকে সান্ত্বনা দিয়ে বলল, বাবারে শক্ত কাজ তবে তুই মানতে পারলে সন্তানের বাবা হবি বলে উঠলো। পারব বাবা আমি পার্বত্য মহারাজ কে ভক্তি শ্রদ্ধা করে বাবার জল পড়া দিয়ে খাইয়ে দিলে স্ত্রীকে এই ভাবে নানান জনের নানান সমস্যার উপায় বাতলে দিয়ে এক রাত্রের মধ্যে কোথায় চলে গেল আর কোথাও তাকে খুঁজে পাওয়া যায়নি কিন্তু যারা বিশ্বাস করে বাবার জল পড়া ও বিভিন্ন উপায়ে গ্রহণ করেছিল প্রত্যেকের কাজ হয়েছে এমনকি সতীশের স্ত্রীর একটা বাচ্চা হয়েছে সতীশ খুব আনন্দে আছে। এবার

বাবাকে বিশ্বাস করে প্রতি সকালে সন্ধ্যা তাকে অনুসরণ করে পূজা করে। সবাই ভন্ড নয় কেউ না কেউ ঈশ্বর ওয়ালা ঠাকুর আছেন।

চাষার নেশা

সুনামগঞ্জের মানুষ 99% মানুষ নিরক্ষর তার আশেপাশের গ্রামের মানুষজন জানি সেজন্য হিংসা বিবাদ যেন লেগেই থাকে। প্রায় চুরি-ডাকাতি ভুল-বোঝাবুঝি লেগেই আছে। চায়ের দোকানে চৌমাথার মোড়ে মাচায় বসে নানান ধরনের গল্পগুজব হিংসা পরচর্চা পরনিন্দার অহরহ করতেই আছে। বিকেলবেলা হলেই চাষ কাজ থেকে শুরু করে রাজনীতির গল্প এমনকি ধর্মশাস্ত্র নিয়েও নানান তর্কাতর্কি হয়ে যায়। অনেক সময় হাতাহাতি-মারামারি হয়ে যায় অবশেষে মামলা মোকাদ্দমা হয়। গ্রামের চৌরাস্তার মাঝখানে একটা সিমেন্টের মাচা করা আছে মানুষের বসার জন্য, তার পাশে আছে বটগাছ বটের ছায়ায় ঠান্ডা বাতাস। গরমকালে সারাক্ষণ বসে থাকে মানুষ এবং কার কি হয়েছে কি হচ্ছে ইত্যাদির মতো পরচর্চা করতেই থাকে। সেদিনও হচ্ছে এমন সময় হাবলু বসে বিড়ি পান করছে পাশেই চাচাতো ভাই আনোয়ার বসে আছে। হাবুল আনোয়ারের দিকে তাকাতেই একটা বিড়ির প্যাকেট থেকে বাহির করে দিল এবং হাবুলের মুখের বিড়ি নিয়ে আনোয়ার ধরে নিয়ে গবগব করে ধোয়া কয়েকবার বাহির করে বলল কালকে আমার পাট কেটে ফেলতে হবে রে।

হবে তুই আর দুটো মুনিশ দেখিস। এমন সময় হাবুলের বাবা কাদির চাচা বিড়ি দেশলাই বাহির করে ছেলে ও ভাইপোর সামনে খাচ্ছে বাবার সামনে ছেলে ও ভাইপো বিড়ি টানছে। বাবা কাদির চাচার বিড়ির আগুন নিভিয়ে যেতেই হাবুলের মুখের বিড়ি নিয়ে চাচা ধরিয়ে নিয়ে কথা বলতে বলতে মুদিখানার দোকানে চলে গেল। বাবা-ছেলে ভাতিজা সবাই মিলে বিড়ি ফুঁকছে সিমেন্টের মাচাটায়। ইটের ভাটার চিমনি। একেই বলে চাষার নেশা।

বকুল মিষ্টান্ন ভাণ্ডার

মিরপুরের পাশ দিয়ে চলে গেছে ভাঙ্গা নদী। ভাঙ্গা দী হল নদীর নাম। নদীর ওপাশে বেশ কখানা গ্রাম আছে। জনবসতি অবশ্য অল্প কিন্তু বন-জঙ্গলে পরিপূর্ণ গ্রামগুলি। তেমন একটা উন্নতি নেই বললেই চলে। রাস্তাঘাট পাঁকা নেই। খরার কবলে রাস্তাগুলোতে চলা গেলেও বর্ষাকালে চলাচলির জন্য খুবই অসুবিধা হয়। ব্যবসায়ীরা তেমন একটা যেতে পারে না ও সমস্ত গ্রামগুলোতে। হাট-বাজার হাসপাতাল ও স্কুল নেই সেখানে, সমস্ত কিছু মিরপুরে। বকুল ঘোষ খুব চালাক চতুর লোক। গ্রামের প্রায় মানুষ জানে, তাই তার কাছে দুধ দই ঘি ছানা কিছুই নেয় না বিপদে না পড়লে। তাই বারো মাস নদীর ওপারের গ্রামগুলিতে বিক্রয় করতে হয় বকুলকে। সে বছর বর্ষাকালীন মুসলিমদের রোজার ঈদ পড়েছে রোজার মাসে দুধ দই ঘি বিক্রয় করে বকুল ঘোষ বিস্তর টাকা করে নিয়েছে। ঘোল যে খেয়েছে সেই জানে ঘোলের গুনাগুন। ঈদ পর কিছুদিন বাদে বকুল ঘোষ ঘোল নিয়ে গেছে এবং তা প্রায় শেষের দিকে বা ঘোল ফুরিয়ে এসেছে। নগেন কর্মকার ঘোল খেয়ে পাড়ায় চলে গেল কিন্তু মিনিট দশেকের মধ্যে ও পাড়ায় মিস্ত্রীপাড়ায় এক হাঁড়ি ঘোল, সেখানে উপস্থিত নগেন। দেখাদেখি

চোখাচোখি কথা কাটাকাটি তর্কাতর্কি ইত্যাদি পাড়ার লোকে অবশেষে বকুল ঘোষকে মারতেও বাকি রাখলেন না। আসলে বকুল ঘোষ ঘোলে নদীর জল মিশিয়েছিল। সেদিন থেকে বকুল ঘোষ ভালো জিনিস বিক্রয় করে। তবে চড়া দামে। চড়া দাম হলেও কোন ভেজাল নেই। এই এখন দাম বেশি হলেও সবাই জানে বকুলের মাল ভালো। তাই সবাই কেনে। বকুলের বয়স হয়ে গেছে, কিন্তু সেই নামেই চলছে কারবার। এখন সে গ্রামে উন্নত হয়েছে। সে গ্রামের চৌরাস্তার মোড়ে বকুল মিষ্টান্ন ভাণ্ডার নামে বকুলের ছেলের দোকানও আছে। ভালো বেঁচাকেনা হয়। এখন বকুন দোকানে বসে থাকে। পরামর্শ দেয় ছেলেকে। সে দোকানকে গ্রামের মানুষ বা অন্য গ্রামের মানুষ এক নামে চেনে।

পাঁঠাবলি

হরিকেষ্ট পুরের জমিদার পুত্রের স্বপ্নাদেশে দেখতে পেলেন তিনাকে স্বয়ং জগধাত্রী মমতাময়ী কালীমাতা স্বপ্নে এসে দেখা দিয়ে বললেন বাবা নৃপেন আমি অনেকদিন ধরে এসব মানুষের কাছে কোনো পাঠাবলি পাইনি তাও তোরা আইন করে বন্ধ করে দিয়েছিস অনেক জায়গায়।

নৃপেন বাবু হাতজোড় করে একটা পেন্নাম ঠুকে পায়ে পড়ে হাঁটু গেড়ে বললেন মা মাগো বিপত্তারিণী মা তুমি আমার মত মানুষের কাছে দেখা দিয়েছো। আমি তোমার পাঁঠা চাইছি। পাঁঠা খেতে খু ইচ্ছে করছে। একি সর্বনাশ করলে মা তুমি, মা হয়ে ছেলের কাছে পাঠা খাবে। কিন্তু আমি যে বড় অভাবী। হতভাগা তোকে আমি কিনা দিয়েছি জমিদারী দিয়েছি অনেক টাকা আছে তাও তোর অভাব যা তুই আগামীকালের মধ্যে একশত পাঁঠা বলী দিবি আমাকে। একশত পাঠা বলির কথা শুনে নিপেন বাবু ঢোক গিলতে গিলতে বলল আমি অতো পারবোনা। আমি নিশ্চয়ই দেবো মা কথাটি তোতলাতে তোতলাতে বললো নৃপেন বাবু। কালীমাতা রেগেমেগে বলল দূর হ হতচ্ছাড়া তোর কিছুই রাখবো না। তখন কাঁপা কাঁপা

গলায় বললো না না থাক আমি কথা দিলাম অতশত পারব না তবে একটি দেবো কথা দিলাম। তবে সময় দিতে হবে আমাকে। মা কালী মাথাটা ঠান্ডা করে বলল ঠিক আছে কথা যেন নড়চড় হয়। না এইসব কথা বলার পরে স্বপ্ন যোগ বন্ধ হয়ে গেল এবং ভয়ে পাশে থাকা টেবিলের নিচে জল ঢক ঢক করে খাচ্ছে আর ফস ফস করে হাপাচ্ছে। তখন তাঁর শরীর থেকে ঘাম জলের মতো বেরোচ্ছে। উপরতলা থেকে নিচে বারান্দায় আসলেন। নৃপেন বাবু অত্যাচারী জমিদার না হলেও তিনি যে মহা হাড় কেপ্পন তা এলাকার মানুষ ভাল করেই জানে। তিনি কারো কাছে জোর করে কিছু নেই নেন না এবং দেন না। মন ভালো থাকলে গাছের পেয়ারা আম ভাতে খাওয়া কাগজি লেবু ও জল বাতাসা দেওয়া ছাড়া মানুষ তেমন একটা দেখতে পান না। সেবার ধর্মের জন্য চাঁদা চাইতে এসেছিল পাড়ার ছেলেরা তখন ছেলেদের হাতে বারান্দার ও পাশে পড়ে থাকা দু পয়সা দিয়েছিল তাতে আবার ভজু মাটি খুঁড়তে গিয়ে পেয়েছিল মরচে পড়া পয়সাটা। ছেলেদেরকে লেবু জল আর একখানা বাতাসা কিন্তু খাইয়ে বিদায় করেছিল। তিনি রাগী নন তবে প্রচন্ড কৃপণ ও চতুর মনের মানুষ। নৃপেন বাবু সকাল সকাল নায়েবকে ডেকে রেগেমেগে বললেন কী করছো শুনি আগামীকাল একটা পাঁঠা চাই। মায়ের কাছে বলি দেব। আজ সন্ধ্যের মধ্যে ব্যবস্থা করো, এই কথা প্রাসাদে ছড়িয়ে পড়াতে প্রাসাদের সকালে আনন্দিত, কেননা কেউ কখনো এ বাড়িতে মাংস খাই নি নিরামিষ খান কারণ এটা জমিদারের আদেশ তারপর বিকেলবেলা রাগে জমিদার মিলে দুজনে কি বলাবলি করল গোপনে

কে জানে পরেরদিন সকালে মায়ের সামনে পরিবারে সকলে পূজা-অর্চনা করার পরে পাঠা দেখবে কিন্তু পাঠা নিয়ে আসতেই দেখা গেল ঘরে মাটির পাঠা। সবাই তো অবাক তখন মা কালী রেগেমেগে সরাসরি মর্তে বিপিনবাবুর সামনে উপস্থিত হয়ে বললেন এই তুই আমাকে ভেট দিবি। তুই এত ছোট মনের মানুষ। মাকে এই মাটির পাঁঠা দিবি। এতই কৃপণ। নিপেন বাবু বললেন না মা তুমি রাগ করো না আমাদের বাড়িতে কেউ আমিষ খাই না তাই এই ব্যবস্থা তখন এত মাংস আমি কি করবো পরিবারের সকলেই জমিদারকে ঘৃণা করে চলে গেল। প্রাসাদে মা কালী বলতে বলতে চলে গেল যে তোর কাছে আর কিছু চাইবো না। জমিদার বাবু একা চিন্তা করতে লাগলেন সারারাত্রি বসে বসে। তার দুদিন পর হঠাৎ করে একশত পাঠা মায়ের পায়ের নিচে বলি দিয়ে রক্ত দিয়ে দিলেন। এবং সেই মাংস প্যাকেট করে সমস্ত প্রজাদের বিতরণ করে দিলেন এবং সেদিন থেকে নিপেন বাবু জল বাতাসা লেবু আম আর নয়। যে যা চাইবে তাই দিতে লাগলেন। প্রজাদের আপদে-বিপদে থাকতে লাগলো। প্রাসাদে আমিষ খাবার নির্দেশ দিল। প্রজারা ধন্য ধন্য করে। খুশি হয়ে মা কালী হঠাৎ একদিন রাত্রে এসে নিজে ওর হাত ধরে স্বর্গে নিয়ে গেলেন। সকালবেলা হতেই কান্নায় ভেঙে পড়ল প্রাসাদ। আর নেই নিপেন বাবু। মা কালীর হাত ধরে স্বর্গে যাওয়ার পরে তিনি সেখান থেকেই প্রাসাদকে দেখেন পাঠা বলির কথা ভাবেন। আর সময়ে সময়ে মুচকি মুচকি হাসেন।

খরা

অনেক অনেক বছর আগের কথা তখন পাট জমিতে কাটার উপযুক্ত হয়েছে আষাঢ় মাসের শেষ হতে চলল শ্রাবণ এসে উঁকি দিচ্ছে কয়েক দিনের মধ্যে। গরম পরছে মনে হচ্ছে সূর্য মাথার কিছুটা উপরেই বসে আছে সকাল 6 টা বাজতে না বাজতেই প্রখর রুদ্র তাপে থাকা যাচ্ছে না রাস্তাঘাটে অথবা মাঠে-ঘাটে চাষিরা মাঠে কাজ করতে পারছে না। মাঠের সমস্ত মানুষ তাপে পুড়ে শেষ এমন কি গাছ গাছালিও। তেমন একটা ছায়া দিতে পারছেনা মাটি ফেটে চৌচির কোথাও এক ফোঁটা বৃষ্টি নেই। শরীরে ঘামাচিতে অস্থির মানুষ শরীর চিট চিট করছে কোথাও এক চিলতে হাওয়া বাতাস নেই। মানুষ মরু মরু করছে এর জন্য চাষিরা ধান লাগানোর সাহস পেলো না। মানুষ কতবার সৃষ্টিকর্তাকে ডাকাডাকি করছে আবার কেউ কেউ গালাগালি করছে আইসক্রিম বিক্রি করে রোজগার করছে। ঠান্ডা লেগে সর্দি লেগে জ্বর হচ্ছে তাতে কাঁড়ি কাঁড়ি পয়সা যাচ্ছে। রোগীর পিছনে ডাক্তারের কাছে। সরকার কোন প্রকার সাহায্যের হাত বাড়াচ্ছে না চাষীদেরকে। গঞ্জের মানুষ কি খাবে ভেবে কেউ কেউ চিন্তায় ভিমরি খাচ্ছে। কি করবে কিছুই ভেবে পাচ্ছেনা চাষিরা মাঠে পাট কিভাবে পচাবে তা ঠিক

করতে পারছে না। ভাবতে পারছে না কি করবে তারা। চা◌াষিরা একদিন একত্রিত হয়ে মিটিং করে ঠিক করলো যে তারা শুকনা ঘাট বাঁধ এর ব্যবস্থা করে জলের মেশিন দিয়ে জল ভর্তি করে পাট পচাবে। সকলের কাছে জমির পরিমাণ অনুযায়ী চাঁদা তুলে ঘাটে জল ভর্তি করা হল প্রায় সকলের পাট কেটে দিলো কিন্তু বিপদ হলো পচানোর পরে তখন আর কামলা শ্রমিক পাওয়া যাচ্ছে না। দীগুণ অর্থ দিয়েও হচ্ছেনা। একসঙ্গে পাট কাটার জন্য প্রায় লোকের পাট পৌঁছে গেল তাকে প্রচুর ক্ষতিগ্রস্ত হলো চাষীরা কথায় আছে চাষার বুদ্ধি আর গরুর বুদ্ধি অনেকটা একই রকম। চাষীদের বড় লোকসান হলো এবং তাতে আর মাঠে কোন ফসল বা খাদ্যশস্য সবজি কিছুই নেই। মাঠ রোদের তাপে মরুভূমির মতো ধুধু করছে জীব জন্তুর হাসপাতাল নেই সেজন্য পশুপাখি কেউ কেউ বিক্রয় করে দিলেও আবার কেউ কেউ খিদের জ্বালায় খেয়ে নিয়েছে। এখন চাষীদের মুখে অন্ন তোলার মতো কিছুই নেই। প্রত্যেকে বসে থাকে বাড়িতে কোন কাজ নেই ফলে সংসারে অশান্তি চলে আসলো স্বামী স্ত্রীর মধ্যে ঝামেলা হতে লাগল। বাচ্চারা পড়াশোনা বাদ দিয়ে এক মুঠো ভাতের আশায় বাবা-মায়ের কাছে আবদার করতে লাগলো। দিনের-পর-দিন মানুষ শুকিয়ে গেল। অশান্তি অভাব প্রত্যেক মানুষের ঘরে হতেই গ্রামে-গঞ্জে চুরি-ডাকাতি হতে লাগলো। যে যা যখন পাচ্ছে তখন হামলা করে লুটপাট করে পালাচ্ছে। থানায় পড়তে লাগল চুরি-ডাকাতি খুনের অভিযোগ।

অনেকদিন পরে তুমুল বৃষ্টি বর্ষণের ফলে মাটির সবুজায়ন হলো আবারও চাষিরা মাঠে বীজ বপন করতে লাগল, তবে কিন্তু লোকের চুরি ডাকাতি পেশা রয়ে গেল আর কিছু মামলা মোকাদ্দমা।

জলের মেশিন

সে এক বছর আগের কথা তখন প্রায় ১৯৫০ সালের আশেপাশে। ভারত সদ্য স্বাধীন হয়েছে ওদিকে নিয়ে আসা যাওয়া করতে দিত না জনগণকে পুলিশ প্রশাসন অত্যাচার করত গ্রামেগঞ্জে বৃষ্টির জলে আউশ ধান ছাড়া কিছুই হতো না প্রত্যেক সংসারে অভাব-অনটন ছিল সীমাহীন মানুষ একবেলা খেয়ে বেঁচে থাকতো। গ্রামে ফসল না হওয়ার ফলে সরকার বিদ্যুৎ পাম দেওয়ায় কিছু এলাকা নিয়ে ধান গম সবজি হতে লাগল এদিকে কালু বাবুর মাথায় বুদ্ধি খেলে গেল বড়লোক হওয়ায়। এমন একটা পয়সা করি নেই তাহলে কি করা যায় সে মনে মনে একজন শেয়ারের সন্ধান করে জলের মেশিন কেনার ফন্দি করলো কালু একজন শিক্ষিত লোকের সঙ্গে কলকাতায় গিয়ে ইন্ডেক্স মেশিন কিনে নিয়ে আসলো। কালু বাবুর জল তোলা মেশিন এর কথা পাঁচ গ্রামের মধ্যে রাষ্ট্র হয়ে গেল সকালে এসে ভিড় করে দেখতে লাগল। আর একে অপরের সঙ্গে সমালোচনা করতে লাগলো কিভাবে জল উঠবে মেশিনে। আবার কতজনে কালুকে উপহাস করে চলে যায় মাঠে নতুন পাইপ পোঁতা হলো মেশিন সেটিংস করে জল উঠতে লাগল, তখন গঞ্জের মানুষ অবাক হয়ে দেখতে লাগলো।

তখন সকলেই জলের সাহায্যে ধান গম পাট সরষে উৎপন্ন করতে লাগলো। সবার পরিবারে উন্নতি হতে লাগল অভাব দূর হয়ে মানুষ সুখে দিন কাটাতে লাগলো।

সাহেদা বিবি

প্রতাপপুরের নাম কে না চেনে প্রতাপ চন্দ্র রায় মহাশয় এর নাম অনুযায়ী গ্রামের নামকরণ করা হয়েছে অবশ্য প্রতাপপুর রাজবংশ সেই উনবিংশ শতাব্দীর শেষের দিকে লুপ্ত হয়ে গেছে। সেই গ্রামে বসবাস করত অত্যন্ত মেধাবী ও তীক্ষ্ণ বুদ্ধি সম্পন্ন কায়দা-কৌশল মহীয়সী নারী। সাহিদা বিবি। তাকে গ্রামে কে না চেনে। বাচ্চা থেকে বুড়ো সকলেই এক ডাকে পরিচিত তাঁর বাড়িতেই ছোট থেকে বড় হয়েছে নেতাজি সুভাষচন্দ্র বসু পরিষ্কারে ভূষিত লেখক এন.কে মণ্ডল মহাশয়। জীবন অত্যন্ত কষ্টের হলেও বর্তমানে সে সুখী সে তার ব্রেনের দ্বারা কিনা করতে পারে নিজে নিজেই অর্থোপেডিক ফ্যাকচার ডাক্তার। অথচ তিনি 5 ক্লাস পেরোয়নি। হাঁস-মুরগি ছাগল ও মানুষের নানান আধুনিক চিকিৎসা আধুনিক ডাক্তারের পক্ষে অসম্ভব। সাহস হীন। যদিও তারা মেডিকেল ডাক্তার। রাত্রি শেষ হলেই হাত পায়ে লাগা মচকানো রোগী আসতে থাকে। তিনি নিজের সংসারের কাজ ফেলে রেখে রোগী দেখতে বসে পরে। অবশ্য বিনা পারিশ্রমেই করে থাকেন। শত শত রোগী তার বয়সে সুস্থ করেছেন অথচ এই সমাজকর্মীর সামাজিক প্রতিষ্ঠা নেই।

অনেকদিন আগেকার ঘটনা লেখক যখন ছোট স্কুল ছাত্র জীবন তখনকার কথা শাহেদা আর হাঁসের মুখ দিয়ে ফেনা উঠছে। মুখ দিয়ে বিশের গন্ধ বেরোচ্ছে ভালোভাবেই বুদ্ধিমান মহিলা সে বুঝতে পেরেই চটজলদি দোকান থেকে কয়েকখানা নতুন লেড এনে দুই পায়ে হাঁসের ঠ্যাং চেপে ধরে হালকা হালকা করে কেটে ফেলে সমস্ত খাদ্য খাবার ফেলে দিয়ে পরিষ্কার জল দিয়ে কয়েকবার ধুয়ে ফেলল এবং পুনরায় যেমন যেমন ছিল সেই ভাবেই সুতা দিয়ে সেলাই করে দিলেন। তাতে আবার কাঁচা হলুদ ও সরষের তেল মিশিয়ে প্রতিদিন দু একবার করে তাতে প্রলেপ দেয় ব্যাস তাতেই সাহিদার বাজিমাত। হাঁস কয়েকদিনের মধ্যেই পুরোপুরি সুস্থ ও স্বাভাবিক। এছাড়াও মানুষকে কত এইরকম বুদ্ধিমত্তার কাজ করে চলেছে। কানে ঘা ফোড়া হলে কচুর ডাটার রস হাতে পায়ে ফোড়া হলে ঘা পাঁচড়া হলে নিমপাতা তেতো দিতেন ব্যাস ওতেই রোগমুক্তি কয়েকদিনের মধ্যেই।

গুরু প্রাপ্তি

লোকটা যে কেমন তা এলাকার প্রায় মানুষই জানে। চেহারা, উস্কোখুস্কো চুল জামাকাপড় তেমন একটা ভালো নয়। নোংরা আবর্জনা ময়লা। আর হাত-পা কালো ছায়ছায় ভাব। জানে না কত বছর স্নান করে নি। দাঁত মাজনি পোশাক-পরিচ্ছদ বদলায়নি। যে যা দেয়, তাও কারো কাছে চেয়ে খাই না। পাড়াগ্রাম ও শহরের ইচরেপাঁকা ছেলেরা ঢিল মারে, ক্ষ্যাপায় রাগাই আরো কত কি করে। লোকের বিরক্ত হয়। দোকানের সামনে যায় ঘুমান এবং বসে বলে। আবার কত দোকানে জল ঢেলে দেয় ঝাঁটা মেরে তাড়িয়ে দেয়। যার দোকানী ভালোবাসে তাঁর আমদানি-রপ্তানি ব্যাপকভাবে হয়। বছরখানেক পর থেকে লোকটা যে দোকানে যায় সে দোকানে প্রচুর বেচাকেনা হয় কিন্তু দোকানিরা বোঝেনা। একদিন লোকটা বাজারের নানান দোকানে গিয়ে খাবার চাইতে লাগলো কিন্তু কেউ তেমন একটা গুরুত্ব দিলো না। এক দোকানের কাছে চাইতে গিয়ে লোকটার অজান্তে দামি কাচের ঝাড়বাতি ক'খানা ঘরে পড়ে গিয়ে হঠাৎ করে ভেঙে চুরমার হয়ে যাওয়ায় লোকটাকে দোকানের কর্মচারীরা দুই থাপ্পর মেরে, জামা কাপড় খুলে নিয়ে তাড়িয়ে দিলো। তাই দেখে এক গরীব ভিক্ষুক কষ্ট

পেল। চোখের জল পড়ল মাটিতে সে নিজের ভিক্ষার টাকা দিয়ে খাবার ও পোশাক পরিয়ে দিয়ে মাথায় হাত বুলিয়ে বুলিয়ে খাবার খাওয়ালো। খাবার শেষে লোকটা ভিক্ষুককে পায়রার পালক দিল। তাতে মধ্যেখানে ছোট ছিদ্র আছে। ছিদ্রের মধ্য দিয়ে তাকাতেই দেখতে পেল আশ্চর্য সব দৃশ্য সে দৃশ্য দেখার পর মাথা ঘোরার উপক্রম বটে, কেননা ছিদ্রের মধ্যে দিয়ে ভিক্ষুক ব্যতীত বাজারের সকলকেই উলঙ্গ আর কুচকুচে কালো দেখাচ্ছে।এরপর লোকটা অর্থাৎ বাবাজি কে প্রণাম করে ঘন্টাখানেক পাশে গল্প করে একমুঠো কালো রঙের কিসের বীজ দিয়ে হাসতে হাসতে চলে গেল সেই পাগল লোকটি।

বিধবা বউ গ্রামের মোড়ল মাতাব্বর মানুষ গ্রামে তাকে কত মান্যিগন্যি করে। দান ধ্যান করে। কোথায় থেকে লোকটা উঠে এসেছিল এই মগবাজার গ্রামে। তবে লোকটা এসে যাইহোক ভালোই হয়েছে। বিধুবাবু যেখানেই যান সেখানে সাফল্য পান। যা করেন তাই ভাল হয়। পূজা-অর্চনা করতেও বেশ ভালো। দিনেরাত্রে অর্থাৎ সকাল-সন্ধ্যা দুবেলা পাগলা বাবার উপাসনা করে। তিনি যেখানে যে বিপদে পড়েন সেখানেই পাগলা বাবা কে অনুসরণ করেন। পাগলা বাবার ভক্ত কিনা। সে তাঁর দু-মুঠো বীজ থেকে কি হয়েছে তা কখনো জানাই নি কাউকে। বাড়ি গাড়ি টাকা জমিজমা সোনা রুপা কোনো কিছুরই অভাব নেই। লোকে জিজ্ঞাসা করলেই ভিক্ষুক ওরফে বিধুবাবু এ হলো আমার গুরু প্রাপ্তি। সব বলতে নেই, গুরুর নিষেধ আছে।

সুখটান

তখন আষাড় মাসের শেষের দিকে মাঠঘাট রোদ্রে খা খা করছে। জল নেই এবং পাপের সম্ভাবনা প্রায় দেখা যাচ্ছে কয়েক মাস থেকেই। কিন্তু বৃষ্টি নেই মাটি ফেটে চৌচির। মাটি পুড়ে শক্ত পাথর হয়ে গেছে। পাট খেতে জল মারা যাচ্ছে। জলের মেশিনের ব্যবস্থা না থাকতো। সময় চলে যাচ্ছে অথচ বৃষ্টি নেই, মানুষজন আল্লাহ ভগবান ডেকে ডেকে হাঁপিয়ে উঠেছে। ঈশ্বর তাদের ডাকে উত্তর দেয় না। বছর ধরে মাঠে কোন ফসল হয়নি। খড়ার জন্য এ বছরও হয়নি জল। উজিরপুরের মানুষের দুর্ভিক্ষ নেমে এসেছে। একবেলা কি দুবেলা আধপেটা খেয়ে বেঁচে আছে। সন্তান প্রসূতি মায়ের বুকের দুধ শুকিয়ে গেছে। পশুপাখি কেউ কেউ পোষে।আর অনেকে খাদ্য হিসেবে সংসার চালিয়েছে কিন্তু এখন সেটা হচ্ছে না তাদের কেননা মাঠে ঘাস লতাপাতা কিছুই নেই। প্রতিক্রিয়া দেয় না গ্রামে চার জনের জলের মেশিন আছে তাও বন্ধ হয়ে যাচ্ছে তেলের অভাবে। বলতে গেলে ওজিরপুরের মানুষের দুর্ভিক্ষ নেমে গেছে। ধনী-গরিব সবাই সমান হয়ে গেছে। গাছ গাছালি মরছে ধুকে। কতজন কত রকম ভাবে ডাকছে। বাচ্চারা মচ্ছব খেলছে জল কাদা করে জল দাও জল দাও করে। না কোন মতেই বৃষ্টি হচ্ছে না বা

সম্ভাবনা নেই। মানুষ ইশ্বরের হাল ছেড়ে দিয়েছে তাকেও ভরসা করতে পারছে না পুলিশ উজিরপুরের মানুষ।

আষাঢ় মাস পেরিয়ে যখন শ্রাবণ মাসের প্রথম সপ্তাহ। প্রচন্ড রৌদ্র ও গরম কোথাও এক ফোঁটা জল নেই। ছায়া নেই। গাছগাছালি শুকিয়ে কাঠ। পাটের জমির পাট পাতা শুকিয়ে পাটগাছ ন্যাঁড়া হয়ে দাঁড়িয়ে আছে। মাঠে থাকা সত্ত্বেও ধুধু করছে পাট যেন রোদের তাপ গিলে খাচ্ছে, মাটিসহ পাট ক্ষেত। এমন সময় হঠাৎ করে সন্ধ্যাবেলায় জমাট মেঘ হালকা বজ্রপাতসহ প্রচন্ড ভারী বৃষ্টি হতে শুরু করলো। বৃষ্টি হতে হতে দিনরাত্রি মিলে পাঁচ দিন একভাবে হতে লাগল খাল-বিল পুকুর মাঠ-ঘাট পরিপূর্ণ হয়ে গেল। মাঠ ঘাটের চেহারা আলাদা হয়ে গেল। বৃষ্টির জলে মাঠ থৈথৈ করছে। জলে অনেকের অনেক কিছু হারিয়ে গেছে। ভেসে গেছে। নষ্ট হয়ে গেছে তবুও মানুষ হাসছে, শান্তি পাচ্ছে। নদীতে জল না থাকায় পাট চাষিরা খুব অসুবিধেয় ছিল। কিন্তু এখন নদীতে জল হওয়াতে সবার মুখে হাসি ফুটেছে। চাষিরা শান্তিতে পাট জলে ডুবিয়ে পুকুরপাড়ে বিড়ি ধরিয়ে ধোঁয়া ছাড়ছে। যেন এক সুখটান, কতদিন পরে এই শান্তি পাচ্ছে উজিরপুরের মানুষ।

ব্যবসায়ী দাঁড়ি

নিধিরাম বাবু লোকটা বড্ড সাধাসিধে সহজে সবাইকে বিশ্বাস করে ফেলেন। সাদাসিধে লোকের যা হয় আরকি।তিনার বুদ্ধি নেই চাষবাসের ওপর, তবুও সাহস করে লঙ্কা লাগিয়েছে। হ্যাঁ কাঁচা লঙ্কা। অবশ্য তিনি কখনও মাঠে চাষবাস করেননি বলেই এত বোকা হতে হয়েছে। কখনো তিনি তেমন একটা হাটে-বাজারে কিছু বিক্রয় করেননি অভিজ্ঞতাও নেই। অভিজ্ঞতা না থাকার ফলে যা হয় আরকি। ঠকিয়ে নেবে। অবশ্যই ব্যবসায়ীরা সে যতই ধার্মিক ব্যাবসায়ী হোক না কেন। আজকালকার দিনে কেহই ধার্মিক বা নিষ্ঠাবান নয়। সবাই চালাক ও সুযোগের সদ্ব্যবহার করবে, এটাই সাধারণ।

সেদিন ছিল বৃহস্পতিবার হরিহর পাড়া গ্রামের মস্ত বড় হাট। হাট সকাল থেকে সন্ধা রাত্রি পর্যন্ত বেচাকেনা চলে। সকাল 7 টা থেকে 10 টা পর্যন্ত। পাইকারি ব্যবসা চলে অবশ্য ক্ষুদ্র ব্যবসায়ী আছে। কি পাওয়া যায় না সেখানে, আলু পটল কুমড়ো মাছ-মাংস সহ নানান শাক সবজি পাওয়া যায়, কিন্তু সেই হাটে যে ঠকাবে তা কিন্তু জানতেন না একদমই নিধিরাম বাবু। সকাল সকাল লঙ্কা তুলে নিয়ে সাইকেলের পিছনে বেঁধে নিয়ে গেলেন হরিহর

পাড়ার হাটে। লঙ্কা নিয়ে পৌঁছাতেই পাইকারি ব্যবসায়ী গলা ধরে টানাটানি শুরু করে দিচ্ছে। বস্তা খুলে খুলে লঙ্কা দেখছে আর দাম বলছে। বিভিন্ন ব্যবসায়ী বিভিন্ন ধরনের দাম বলছে, হঠাৎ করে কোথায় থেকে এক গালভরা দাড়িওয়ালা এসে দাম বললেন, অবশ্য ব্যবসায়ী হিন্দু না মুসলিম নিধিরাম বাবু বুঝতে পারলেন না। তবে এটা বুঝতে পারলেন যে তিনি ভালো ধার্মিক। নিধিরাম বাবু ফট করে বিশ্বাস করে ফেললেন। অন্তত তিনি তাঁকে ঠকাবেন না। বিশ্বাস করে লঙ্কা দিয়ে দিলেন। ব্যবসায়ী বস্তাটা নিধিরাম বাবুর সাইকেল রাখার সময় এবং ফট করে মেপে বললেন ২১ কেজি। লঙ্কা বাঁকা বলে তিন কেজি বাদ দিয়ে দিলেন। তারপর টাকা দিয়ে দিলেন। তারপর নিধিরাম বাবু অনুমান করেছিলেন ৩৫ কেজি হবে কিন্তু কম্পিউটার পাল্লা ২১ কেজি দেখালো। বাড়িতে এসে সমস্ত ঘটনা বলতেই বাড়ির মানুষ বলল যে, নিধিরাম বাবুকে ঠকিয়েছে। পরের সপ্তাহের হাটে লঙ্কা আবার ওই পরিমাণ মতো নিয়ে মেপে দেখলেন বাড়িতে হল ৩২ কেজি। হাটে গিয়ে হয়ে গেল কুড়ি কেজি। তখন বুঝলেন তাকে কতটুকু ঠকিয়েছে, অবশ্য সেই দাড়িওয়ালার কাছেই দ্বিতীয় দিন বিক্রি করতে গিয়ে ধরা পড়াতেই আর তাকে বিক্রি করলেন না। পরে নিধিরাম বাবু বুঝলেন যে ধার্মিকের দাঁড়ি নয় ওটা ব্যবসায়ীর দাঁড়ি।

গুপ্তধন

অজাবনের বিজাবন রাজ্যের হেতুমগড় অঞ্চলের জমিদার দর্প নারায়ণকে কে না চেনে। চেনবে না কেন শুনি যার দাপটে একঘাটে বাঘে-গরুতে জল খায়। ভঁয়ে প্রজারা কাঁপে থর থর করে। প্রজারা করের ফাঁকি দিলে নেমে আসে প্রজার জন্য নরকের আনন্দ। এইতো কদিন আগের কথা পাচু নাপিত কে কড় না দেওয়ার জন্য পিঠে হাত বেঁধে চৌরাস্তার মোড়ে গম্বুজ মিনারের ওপর দাঁড় করিয়ে দিয়েছে, যাতে অন্য প্রজারা তাঁকে দেখে শেখে কড় না দেওয়ার শাস্তি। এর আগে নাকে খত দিয়েছিলেন হাবুল। বেচারা অপমান সহ্য না করতে পেরে শেষমেশ বড় নদীতে ডুবে মরেছে। হাবুলের ব্যাটা এখন শাকপাতা বিক্রি করে পেট চালাচ্ছে। জমিদার দর্পনারায়ণের অত্যাচারে অতিষ্ঠ। এত অত্যাচার মানুষ সহ্য করতে পারে না, তাই প্রজারা প্রতিনিয়ত অভিশাপ দিতে থাকে। হঠাৎ একদিন প্রকাণ্ড বজ্রঘাত।

জমিদারবাড়ি সহ সকলেই ধ্বংস হয়ে যায়। গ্রামের প্রজারা জমিদার বাড়ি থেকে গুপ্তধন জলের পড়ার মতো উপচে পড়ে। প্রজারা ঈশ্বরের কাছে নত হয়ে ভক্তি শ্রদ্ধা জানাই। সমস্ত গুপ্তধন প্রজারা ভাগ করে নেয় এবং

তারা সকলেই অভাবমুক্ত হয় এবং নতুন জমিদার ঠিক করে গ্রামবাসীরা যা পাঁচ বছরের জন্য নির্বাচিত হবে।

কোরবানীর ঈদ

ওরা ধনী তাতে সন্দেহ নেই টাকা কড়ি সবই আছে গ্রামের মাতব্বর বটে। তারা সমাজের কর্তা অসহায় ও লাঞ্ছিত বঞ্চিত দুর্বল মানুষের বিচারক। ওরা দুর্বল মানুষের উপর শাসন চালায় জুলুম চালায় সমাজের বোঝা চাপিয়ে দেয় আর বিত্তশালীদের কঠিন শাস্তির কাজ করলেও বিচার যায় লঘু পর্যায়। এবং অসহায় দুর্বল এর লঘু পাপে গুরু দণ্ড। ওরা চৌরাস্তার মাচায় বসে আড্ডা মেরে নানান আলোচনা কিচ্ছা পরচর্চা ও পরনিন্দা করে সারাক্ষণ। আজ রোজা ধর্ম নিয়ে নানান পন্ডিতি অথচ জীবনে একটি ধর্মের বইয়ের পাতা পড়ে দেখেন নি। হ্যাঁ আমি মল্লিক বাবুদের কথা বলছি ইনি কি-না বোঝেন যেমন সবজান্তা ফটিকচাঁদ।

ইসলাম ধর্মের বড় বড় খুশির ঈদ হল, ঈদ উল আযহা। এই ঈদে ধনী-গরীব সকলেই মিলে আনন্দ করে সকলে মিলে সারাদিন নতুন সাজগোজ খাদ্য-খাবার মিঠাই মাংস এলাহি ব্যাপার স্যাপার থাকে। কিন্তু সেই আনন্দ আর বেশিদিন রইল না প্রতিবছর মাংসের তিনভাগের একভাগ মসজিদের জমা হয় সেই মাংস গ্রামের দরিদ্র অসহায় মানুষদের বিতরণ করা হয়। সেই মাংস নিয়ে

তাদের পরিবার মৌজ করে। এবার থেকে ওসব হবে না। আপন আপন কোরবানির মাংস তার ব্যক্তিগত বিষয় নিজে নিজে দিতে ইচ্ছা হয় গরিবদের দেবে আর না হয় দেবে না। এই সিদ্ধান্ত নিয়েছে মল্লিক বাবু সহ মাতব্বররা। সেই মাংস সবার ঘরে বিলি হবে না। আর আছে সে যাকে খুশি তাকে মাংস দেবে আর না হয় দেবে না তার নিজস্ব ব্যাপার। এটাই মল্লিক বাবুসহ মাতব্বররা বসে আইন করলেন। সমাজ যা করবে তাই মানতে হবে সাধারণ মানুষদের। ঈদে কোরবানি হলো আনন্দ হল সব হলো কিন্তু গ্রামের গরিব পরিবারগুলির মানুষের বুক ভরা বেদনা জমে গেল মজা আর হলো না। মোড়ল মাতব্বররা কাউকে মাংস দিলোনা সবে এক মাস ধরে ফ্রিজ বন্দি করে খেলো। আর গরিবদের দুঃখ থেকে গেল। চোখের পানি টপটপ করে গড়িয়ে পড়ল। , এমনকি ছোট ছোট গরিব বাচ্চাগুলোকে মনে হয় অসহায় তাদের বাবা-মা নেই। সেদিনটিতে মাংস তুলে দেওয়ার মত ক্ষমতা নেই ওদের।

আকিকা

সেলিম বাবু ঠিক করলেন তিনি আকিকা দেবেন। অর্থাৎ পশুবলী দেবেন তাঁর ছেলের জন্য ছেলের নাম গোলাম মমম্মদ সেলিম। ছেলের জন্য দুটি আকিকা লাগে এবং মেয়ের জন্য একটি। তিনি ঠিক করলেন ভূটানি গোরু দেবেন। একটা গোটা গোরু দেবেন। এই তাঁর মনের আশা। কিন্তু তিনি যে বড্ড গরীব৷ দিন আনে দিন খায়৷ সে কিভাবে অতো টাকার গোরু কিনবে। এটা তাঁর সাধ্যের বাইরে। ছেলের বয়স এখন মাত্র তিন। আকিকা তো দিতে হবে। অবশ্য ইসলামে কোনো জোরপূর্বকতা নেই।

কত মাস কত বছর গেল। প্রায় পনেরো বছর হবে। তারপর এবার কতো কষ্টে একটা ভূটানি গোরু কেনার টাকা ব্যবস্থা করতে পেরেছে। বৈশাখ মাস পেরিয়ে জৈষ্ঠ মাসের শেষের দিকে ঈড উল আজহা এসে গেছে, বা কোরবানীর ঈদ।

আজ ঈদের দিন। সকাল সকাল কত উত্তেজনা আনন্দ মানুষের। ভিড় ভাট্টা ব্যস্ততা। সবার বাড়ি সিমাই মিৎাই দই বিরিয়ানী পোলাও আরো কত কত খাদ্য খাবার কিন্তু

সেলিম বাবুর বাড়িতে শুধু মাত্র গমের ময়দার রুটি আর আলুভাজা। কিন্তু অতিথিদের জন্য মাংস ভাত ডালের ব্যবস্থা করবে, সেজন্য আত্মীয় স্বজনকে নেমতন্ন করে এসেছে। ঈদের নামাজ পড়ে এসেই, কিছু খাবার খেয়েই জবেহ করতে লেগে যাবে ঈমাম সাহেব। তারপর ব্যস্ততা কাজ। রান্নার পর আত্মীয়দের খাওয়া দাওয়া হবে। এই হল সেলিম বাবুর মনের বাসনা।

নিয়ম অনুযায়ী ঈদের নামাজ শেষ হয়ে গেল। সকালের খাওয়া পর্ব শেষ। এখন জবেহ করার পালা। সবাই মিলে সারিবদ্ধভাবে দাঁড়িয়ে আছে ঈমাম সাহেবকে দিয়ে জবেহ করার জন্য। জবেহ হচ্ছে। এবার সেলিম বাবুর পালা। সেলিম বাবু ঈমাম সাহেবকে বল্লেন, হুজুর এটা আমার আকিকা হবে। তখন ঈমাম সাহেব বল্লেন, তাহলে কোরবানী কোথায়। আগে কোরবানী করতে হবে তো। কোরবানীর সময় কোরবানী দিতে হবে নইলে হবে না। ঈমাম সাহেবের মুখে এই কথা শুনে সেলিম বাবুর স্বপ্ন ভেঙ্গে চুরমার হয়ে গেল। যেন মাথার উপর বাঁজ পড়লো। অগত্যা কোরবানীই দিতে হবে, কারণ আত্মীয় স্বজন সব নেমতন্ন হয়ে গেছে। আর কিছু করার নেই।

অনেক বছর হয়ে গেল, এখন সেলিম বাবু বিছানাগত বার্ধক্য জনিত কারণে। তাঁর ছেলের বিবাহ হয়ে নাতী হয়ে গেছে পাঁচ বছরের। তাঁর আকিকা হয়ে গেছে। কিন্তু সেলিম বাবুর ছেলের এখনো আকিকা দিতে পারেন নি স্ব য়ং সেলিম বাবু।

www.ingramcontent.com/pod-product-compliance
Lightning Source LLC
Chambersburg PA
CBHW031353230926
51848CB00002B/505
* 9 7 8 9 3 5 6 6 7 8 7 6 7 *